Buenas noches, Pequeña Nutria

de Janet Halfmann
Ilustrado por Wish Williams

Good Night, Little Sea Otter

By Janet Halfmann
Illustrated by Wish Williams

Star Bright Books
Cambridge Massachusetts

Published in the United States of America by Star Bright Books, Inc.

The name Star Bright Books and the Star Bright Books logo are registered trademarks of Star Bright Books, Inc. Please visit www.starbrightbooks.com. For bulk orders, email: orders@starbrightbooks.com, or call (617) 354-1300.

Spanish/English Paperback ISBN-13: 978-1-59572-347-5
Star Bright Books / MA / 00401160
Printed in China / WKT / 10 9 8 7 6 5 4

Translated by Eida Del Risco.

Printed on paper from sustainable forests and a percentage of post-consumer paper.

Con mucho amor para mi nieto, West.
¡Dulces sueños para siempre!
— J.H.

With lots of love to my grandson, West.
Sweet dreams forever!
— J.H.

Mientras el sol poniente besaba el bosque de algas, Pequeña Nutria se acurrucó sobre el pecho de su mamá. Mamá le ahuecó el pelaje hasta que parecía una mota de empolvarse de color marrón.

Entonces, llegó la hora de dormir, pero Pequeña Nutria no estaba lista todavía.

—Olvidé darles las buenas noches a las focas —dijo.

As the setting sun kissed the kelp forest, Little Sea Otter snuggled on Mama's chest. Mama fluffed her fur until she looked like a brown powder puff.

Then it was bedtime, but Little Sea Otter wasn't ready to sleep. "I forgot to say good night to the harbor seals," she said.

Pequeña Nutria agitó su pata sedosa y suave en dirección a la costa rocosa.

—Buenas noches, focas —chilló.

—Buenas noches, Pequeña Nutria —bramaron las focas.

Little Sea Otter waved her soft, silky paw toward the rocky shore. "Good night, harbor seals," she squealed.

"Good night, Little Sea Otter," they snorted back.

Entonces, unos sonoros ladridos rebotaron en las olas.

—Ay, no puedo olvidar a los leones marinos —dijo Pequeña Nutria.

—Buenas noches, leones marinos papás. Buenas noches, leones marinos mamás y leones marinos bebés.

—Dulces sueños, Pequeña Nutria —ladraron los leones marinos.

Then loud barks bounced across the waves.
"Oh, I can't forget the sea lions," said Little
Sea Otter. "Good night, father sea lions. Good
night, mother sea lions and baby sea lions."

"Sleep tight, Little Sea Otter," barked the
sea lions.

Una gaviota bajó en picado para averiguar qué era lo que pasaba.

—¿Qué es este jaleo? —graznó la gaviota.

—Es la hora de dormir —dijo mamá.

—Buenas noches, gaviota —dijo la cría.

—Muy bien, entonces, Pequeña Nutria, buenas noches —graznó la gaviota, y se alejó volando en busca de un buen lugar para descansar.

—Bueno, es hora de acostarnos —dijo mamá. Pero antes de que pudiera decir otra palabra, Pequeña Nutria hundió su carita peluda en el agua helada.

A seagull swooped down to check out the commotion. "What's this ruckus about?" squawked the seagull.

"It's bedtime," Mama said.

"Good night, seagull," her little pup called.

"Well, then, Little Sea Otter, good night," squawked the seagull, flying off to find a good resting spot.

"Okay, time to lie down now," said Mama. But before she could say another word, Little Sea Otter dipped her furry face into the chilly water.

—Buenas noches, pez anaranjado, pez amarillo y pez morado —dijo—. Buenas
noches, pez con rayas y pez con manchas. Buenas noches, pez largo y pez corto.
—Buenas noches, Pequeña Nutria —burbujearon y borbotearon los peces.

"Good night, orange fish and yellow fish and purple fish," she called.
"Good night, striped fish and spotted fish. Good night, long fish and short fish."
"Good night, Little Sea Otter," all the fish bubbled and burbled.

—¿Quién más está allá abajo, mamá? —preguntó
Pequeña Nutria.

Mamá le mencionó a todas las criaturas, una a una.

—Buenas noches, erizos de mar y estrellas de mar.
Buenas noches, almejas y cangrejos. Buenas noches,
caracoles y babosas marinas —les dijo Pequeña Nutria.

"Who else is down there, Mama?" Little Sea Otter asked.
Mama named creature after creature.
"Good night, sea urchins and sea stars. Good night, clams and crabs. Good night, snails and sea slugs," Little Sea Otter called to them all.

—¡B-u-e-n-a-s n-o-ches, Pequeña Nutria! —le respondió
el océano entero.

"*G-o-o-o-d n-i-i-i-ght*, Little Sea Otter," the entire ocean sang back to her.

Pequeña Nutria esperó hasta que se apagó el último "buenas noches".

—¿Me faltó alguien, mamá?

—Pues sí —le dijo ella, acunándola entre sus patas—. ¡Te falté yo!

—¡Oh! Buenas noches, mamá —se rió Pequeña Nutria.

Little Sea Otter waited for the *very last* good night. "Did I miss anybody, Mama?"

"Yes, you did," she said, scooping her up in her paws. "You missed ME!"

"Oh! Good night, Mama," she giggled.

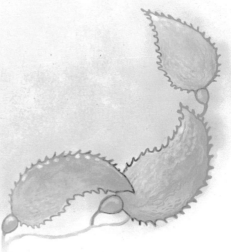

Con Pequeña Nutria acurrucada sobre el pecho, mamá dio vueltas y vueltas sobre las algas. Pronto, las algas se enrollaron alrededor de ellas. De esa forma, no correrían el peligro de irse a la deriva durante la noche.

With Little Sea Otter tucked on her chest, Mama rolled over and over in the kelp. Soon they were both wrapped in ribbons of seaweed that would keep them from drifting away during the night.

—Ay, mamá, olvidé darles las buenas noches a la luna y a las estrellas —dijo Pequeña Nutria—. Buenas noches, luna. Buenas noches, estrellota y estrellita. Buenas noches..."

Los ojos de Pequeña Nutria se cerraron despacio.

"Uh-oh, Mama, I forgot to say good night to the moon and stars," said Little Sea Otter. "Good night, moon. Good night, big star and little star. Good night . . ."
Little Sea Otter's eyes slowly closed.

—Buenas noches, Pequeña Nutria —la arrulló mamá, besándole la cabecita peluda.

—*Arrorró* —susurró el mar—. *Arrorró*.

"Good night, Little Sea Otter," cooed Mama, kissing her furry head.
"*Rock-a-bye*," whispered the sea, "*rock-a-bye*."